Deutsche Erstausgabe
2. Auflage

Verlegerin: Rebecca Weitendorf von Hacht
Aus dem Niederländischen von Kristina Kreuzer
Lektorat: Diana Steinbrede
Die Originalausgabe erschien unter dem Titel »Ergens in de sneeuw«
bei Lemniscaat, Rotterdam, Niederlande © 2022
Text und Illustrationen © 2022 Linde Faas
Druck und Bindung: Livonia Print, Riga
ISBN 978-3-96826-034-1

www.w1-vonhacht.de
www.instagram.com/vonhacht_verlag

MIX
Papier | Fördert gute Waldnutzung
FSC® C002795

Linde Faas

IRGENDWO IM SCHNEE

Aus dem Niederländischen
von Kristina Kreuzer

VON HACHT

Irgendwo in der Stadt träumt ein
Mädchen von Schnee.
Von Kerzen und Sternen,
Geschenken und Musik.

Hinter jedem
Fenster ist ein Fest,
frohes Lachen erklingt.
Nur nicht bei Sofie.
Dort ist es still.

Papa hat keine
Zeit für ein Fest.
Er ist immer mit
Dingen beschäftigt,
die Sofie nicht versteht.

Und so schnappt Sofie sich ihre Jacke
und dicke Handschuhe und stapft
hinaus in den kalten Wintermorgen.
Vielleicht kann sie ja hier draußen
etwas Schönes finden.
Etwas Magisches.
Etwas Fröhliches.
Etwas Besonderes.

Aber wo soll Sofie so etwas finden,
in dieser riesengroßen Stadt?
In der die Häuser hoch über sie hinaus
in den Himmel ragen?

Die Schneeflocken werden
immer größer.

Sie tanzen jetzt nicht mehr friedlich,
sondern wirbeln ihr um den Kopf.

Das Schneetreiben ist zu
einem Schneesturm geworden.

Auf einmal taucht zwischen den dicken Flocken
jemand auf, mit wolligem Fell und langen Beinen.
Er trottet durch den tiefen Schnee.
Es ist ein großer Elch mit freundlichen Augen.

Er sieht Sofie an,
als würde er warten.

Ob sie vielleicht mit ihm gehen darf?

Hoch oben auf dem Elchrücken
ist es wollig-warm und sicher.
Ach, wenn es nur immer so bleiben könnte!
Die beiden gehen weiter und weiter.
Dahin, wo ihre Fußstapfen verschwinden.
Dahin, wo die große Stadt aufhört
und das Unbekannte beginnt.

Der Sturm ist vorbei, und sie kommen an einen Wald.
Er ist größer als alles, was Sofie je gesehen hat.
Eine stille weiße Welt.
Ob der Elch hier vielleicht wohnt?

Zwischen den Bäumen ist es still.
Sie sind ganz allein.

Kein Geräusch, kein Geknister, kein Geknarre,
kein Geseufz, oder … doch?

Warte!

Horch!

Am Ufer eines knackenden blauen Sees steht
ein kleiner Baum, zu einer Seite etwas krumm.
Ohne Schmuck und ohne Kerzen.
Ganz allein.

Da hat Sofie eine fabelhafte Idee.
Sie ruft die Tiere herbei: »Kommt alle mit!«
Und sie machen sich auf die Suche nach
einem besonderen Geschenk für den Baum.
Verdienen nicht alle, die allein sind,
etwas Schönes?

Farbige und funkelnde,

glänzende und glitzernde Dinge.

Wunder gibt es überall,

man muss nur gut hinsehen.

Als die ersten Sterne am Himmel aufblinken,
stapft ein besonderer Zug durch den Schnee.
Ganz vorn geht Sofie
mit ihren gesammelten Wunderdingen.

Sie strahlt vor Glück.
In der Ferne hört sie schon das Eismeer singen.

Irgendwo in der Winternacht,
am Ufer eines eisblauen Sees,
schmücken Sofie und die Tiere
mit ihren gesammelten Schätzen
den Baum.

Der Baum wird so schön,
dass er von allein leuchtet.
So etwas geschieht sonst nur
in alten Erzählungen.

Sofie aber fühlt auch etwas anderes,
sie ist ein bisschen traurig.
Doch warum,
das weiß sie nicht.

Plötzlich knackt es,
es raschelt zwischen
den Zweigen.
Ob das Schritte sind?

Es ist ... Papa!

Irgendwo im Schnee,
versteckt im Winterwald,
leuchtet ein kleiner Baum
unter dem tanzenden Nordlicht.

Hier feiern Sofie und Papa ein Fest.
Zusammen mit allen Waldtieren,
als wäre es schon immer so gewesen.